落泥

臺灣客語詩選

張芳慈 主編

落泥——編者序

張芳慈

　　文學係斯無落泥，仰唇來生根？水耕到底浮來浮去啊！試看看該兜大樹總係有自家个樣，水耕花草軟餒餒，分人拗下斯斷閉了。

　　這擺召大家來出版客家詩選《落泥》，就係希望逐儕落泥生根必芽綻筍；在台灣个土地項，雕出做為客家个枝骨，每一個人企出來斯係風景。先講吳濁流先生寫漢詩，雖然用个係古典格律，精神係現代个；內容係台灣个，用字用情係客家个，這正會感動人。吳濁流基金會恁多年來，現代詩獎也培育盡多台灣个詩人，小說家鍾肇政先生當年帶領客家母語運動也二十零年了，盡多人煞猛打拼救自家个語言。對中央到地方文學獎越來越多，鼓勵大家用自家个話來讀來寫，成績定定看得出有兜水準了。

　　客家書寫當然還有當多愛思考个所在，講來話長；創作係擲出問題，因為關心正會有問題；所以愛有過較多个人來看問題。過去，專家學者各有看法；做研究个乜有盡深个愓想，我常透想時間完全無私心，空間分我等有想法，總係愛打拼能夠看得到未來。

　　落泥；在這個時代，我等歸陣有幸為客家來生根。

【目次】

杜潘芳格

杜潘芳格（1927～2016）新竹縣新埔人。用日文、中文、客語寫詩。現居中壢。現任「女鯨詩社」社長。1965年加入強調本土意識的笠詩社，1980年代開始積極從事客語詩的創作。1990年代曾任《臺灣文藝》雜誌社社長，女鯨詩社社長；1992年以北京語、英語與日語寫成的詩集《遠千湖》，獲第一屆陳秀喜詩獎。2008年獲第十二屆臺灣文學家牛津獎。2007年，杜潘芳格獲行政院客委會頒發「傑出貢獻獎」及「臺灣新文學貢獻獎」。作品：《慶壽》、《淮山完海》、《朝晴》、《遠千湖》、《青鳳蘭波》、《芙蓉花的季節》等詩集。

平安戲

年年都係太平年
年年都作平安戲
就曉得順從个平安人，就曉得忍耐个平安人，
圍緊戲棚下，看平安戲。
該係你兜儕肯佢作个呵！
盡多盡多个平安人
情願齧菜餔根
嗑甘蔗含李仔鹹。
保持一條佢个老命
看，平安戲

張芳慈譯

紙人

大地項滿哪都係紙人
秋風一吹啊來，搖過來搖過去。
我毋係紙人，
因為，我个身體斯係器皿，
我个心斯係神个殿。
我个頭那淰淰係天賜个靈感。
我有力量，我有能力。

紙人充滿了臺灣島項，
我尋，我哪位都去尋，
像我共款个真人。

張芳慈譯

月桃花

坐火車看出去
桃園過閉斯鶯歌
有翠綠个細山崗
月桃花在該位開垂乳色白花
像夫娘儕个乳姑垂開來一囤一囤
長又大个葉下搖啊搖像人乳姑樣

上台北个火車窗門看出去个景色
跈台北向南該時還想愛過看一擺
毋過
因為坐毋著片
單淨看到
鄭成功个鶯歌石

張芳慈譯

聲音

毋知哪時，單淨自家使得聽到个細細聲音，
該聲音鎖兜綆─綆─綆。

睁該時開始，
語言尋毋著出路。

這下，孤使得等待新个聲音，
一日，又一日，
嚴肅忍耐等待下去。

張芳慈譯

道路

留下語言
語言係道路
將道路留下來吧
無形跡个道路

開拓佢
用你个語言
將方向同世界

為該兜隨緊到來个
想了解這兜真相个人

用所有个力量向前推進
留下語言个道路吧

張芳慈譯

夢

墨水斷閉个
所在

堵好係
「夢」字

燒暖个愛情，海唇細屋庭
斯像紫丁香樣
叭叭跌个
「夢」字

張芳慈譯

羅浪

羅浪，本名羅洁泙（1927～2015），苗栗人。寫詩初期曾於新生報日文版（軍民導報）發表作品，並與黃靈芝、錦連合編日文詩誌。1953年開始以中文寫作，在《南北笛》發表詩作。1964年加入《笠》詩刊同仁，並在詩刊上譯介日本戰後現代詩及詩論等。日文詩集《牧場之歌》（手抄本・散佚）。2002年出版《羅浪詩文集》，《吊橋》、《山城》、《章魚》三首詩，收錄於國立編譯館青少年文學讀本。

白雲之歌

白雲係天生个流浪者
輕輕个
飛過田野、飛過河壩
飛過清秀的山岡

白雲
著等彩色个衫褲跈等春風
飛過細人仔長大个故鄉

漂泊个雲
請你佬倕講，看到麼个？
係不係看到一群後生人在等候黎明

沉思的雲
請你佬倕講，聽到麼个？
係不係聽到一群後生人在為自由歌唱

羅思容譯

遺言

浪係海个子
𠊎死个時節
葬吾在阿姆胸前个大海肚

日頭落山
東片个天穹
月光定定仔昇起个時刻
等到月光沉入海肚
還有閃閃光光个星仔來做伴　故所
𠊎永遠永遠
毋會失去光亮

羅思容譯

吊橋

古老个吊橋，
像掮著擔仔喊賣个老人家。

穿著紅裙分風緊打滾，
細妹仔騎著自行車踏過了。

橋寂寞个在个嗽……

羅思容譯

少女

打起帆來係夏天个少女，
奇異个船仔，
載著海島个夢想。

少女像船仔。有帆仔。
也有水手最想愛个潮水味，
食奶个細人仔个慾望

羅思容譯

章魚

偓係章魚，
讓偓吹起口哨來吧！

寂寞个時節　請親偓个嘴，
佬生命个熱情還過智慧，
全部流露出去。

因為偓這恁大个腦殼肚，
有个，
追求美好生活个慾望。

羅思容譯

懷父

啊！十二月係金黃个季節
燒暖个冬陽
惜𠊎知𠊎个阿爸
既經天人永別在遙遠个天邊
茉莉花香个臨暗頭
安詳个死亡來到

有雪白鬍鬚个人
孤恓个離開世界
領悟最高精神境界个哲人
嚴肅恬恬个辭世

阿爸啊！
汝總係用心傳心个引導𠊎
汝謙虛樸實、中庸誠實又不多言
喜怒不形於色
卻是理性又沉穩
汝遭遇盡多艱苦个災難
為求子嗣　改換信仰
汝都能擔硬　過這清貧个一生人

偓喜歡坐到汝个旁脣
子爺毋使講話
卻能感受濃烈个感情佬力量
你看你个堪輿書
偓讀偓个日文書
日日夜夜

歲月匆匆
汝慈祥个面容
像伯公
分偓無限个思念

羅思容譯

葉日松

　　葉日松先生（1936～），花蓮富里人。作品曾譯成日文、韓文和英文，並曾參加〈波蘭國際詩人手稿展〉、〈臺灣現代詩外譯展〉、世界詩人大會和亞洲作家會議。葉日松早期曾獲全國青年文藝最佳新詩獎、優秀青年獎章、中國語文獎章，而後再獲得中國文藝獎章，以及國軍文藝金像獎新詩首獎。近年更獲得世界客屬會傑出人士獎、全國教育奉獻獎、北美臺灣文化獎、花蓮縣文化薪傳獎和行政院客家委員會頒贈的文學傑出成就獎。著作有《葉日松自選集》、《葉日松詩選》、《百年詩選》等三十多本。

重遊淡水

海水本本係海水
月光本本係月光
沙灘本本係舊年个沙灘
風景本本係舊年个風景
總係
沙灘上尋毋到舊年偃兜走過个腳跡
海上也看到毋舊年陪　兜看月光
个船吧
聽講阿秀已經嫁人了
阿芳也去德國留學了
阿輝當選了立法委員
阿泉牯也做了大頭家
頭過共下遊寮淡水街頭个該兜兄弟
無信無息
毋知去到那位呂宋旮旯巴
總係偃自家還在台北打拚來過日

來到淡水
看到船吧
就想到以前在大田寮个種種
看到月光
就想起共下四年个同窗

沙灘上千千萬萬个腳跡
係帶倕回想往事个路線
希望淡水个海風
暗晡夜陪倕寫出心中
一起一落个潮水

阿爸阿姆个叮嚀像山歌像家書

阿爸阿姆空手來後山
家庭貧若無錢好讀書
佢个書在田中　在菜園
在山頂　在河邊
汗珠做烏墨
鑊頭係水筆
一行行　一叢叢
一頁頁　一坵坵
勤勉做功課
一年透天無停鈍
從後生做到老

阿爸阿姆毋識字
不時勸化後生人
毋好像佢扼泥卵
句句好金言
寫在倕个心肝肚
春去秋來
阿爸阿姆个叮嚀
也在　个血脈中流來流去
像一首山歌
像一篇家書

阿公个民謠

有一首民謠
無曲譜　也毋使填詞
佢係阿公為𠊎唱出个歌仔
從阿姆懷胎開始
就注入𠊎个體內
流成一條河
豐饒生命个草原

多年以後
小調走音哩
老山歌也變奏哩
阿公還係企佇日落个方向
一唱再唱
唱到星雨紛紛飄落
唱到半夜出月光

暗晡夜　𠊎愛將最綿長个思念
——Email分阿公
請佢陪𠊎重回嬰兒个時光
睡在佢溫柔个情懷肚
趁歌搖擺

秀姑巒溪（節錄）

秀姑巒溪知得歷史个任務

一生人樂觀　積極　優閒

無論任務再艱難

路途再遙遠

功課再繁瑣

佢無怨無悔　堅持理想

從春夏到秋冬　從秋冬到春夏

用一生人个精力　智慧

記錄大地个風華

寫出花蓮山水个靈秀

從中央山脈寫到縱谷平原

從縱谷平原到海岸山脈

用詩文　用歌謠　用繪畫　用攝影

將兩岸个風景

將沿途个故事

彙編成書　變成經典

採訪个人生　係享受个人生

享受个人生　也係體驗个人生

啉甘露　嚐風霜

看夕陽明月

讀秋實春花

熬過寒夜　行過坎坷路

從山林僻壢角到平原

從平原到峽谷　峽谷到無邊个海洋

豐富个人生經驗

係千粒萬粒个汗珠

結鍊成丹个詩句

留分後代子孫　朗誦再朗誦

祖先个腳印

腳印背等歷史个責任
一步一步行出承先啟後个意義
佢係生活个記錄　生命个延續
係一篇又一篇精彩動人个作品
豐富了人類个精神文明
腳印接成一條長長个軌道
指引人恩兜踏實向前行
祖先个腳印
清晰無變化
佢个身影摎生命个留言
還在佢个腳印肚
恬恬仔唱歌
永久都在厓个心肝肚摎厓對話

臺灣古蹟書寫

（A）八卦山大佛

八卦山戴八卦

所以佢無閒去講別人

紛紛擾擾个八卦

所有个山頭

都用最莊嚴，最神聖个心情去面對

慈悲个佛祖　日夜跪拜

禪坐在彰化八卦山頂个佛祖

年年歲歲　開課講學

從此，朝山个人潮像海水

湧過來，泅過去

修行个腳步，唱出人間和平个詩篇

（B）安平古堡

歷史个古堡，在安平，在台南

想當年　荷蘭人

分鄭成功趕走以後

全部轉去阿姆斯特丹

研究開發鬱金香个出路

海風，夕陽也低吟碑石个滄桑

一群又一群个觀光客
拿起相機留下身影
交分歷史

范文芳

范文芳（1942～）

學歷　竹東國小、新竹中學、臺灣師大

經歷　高中國文教師5年　大專教授42年

興趣　閱讀、教學、研究、唱歌、寫作、登山

關心　臺灣的過去與未來

擔心　老年中風、失智、臺灣不能獨立

芒花

古時代个中原平民
就像菅草無價值
古時代个商周詩人歌頌白華

開荒个臺灣先祖
將草菅頭挖起來
開山打林

熟讀中國古書个臺灣人
將滿山芒草
認作春江蘆葦

家鄉个父老
將芒草喊做娘婆
嫩个割來分牛食
老个取來蓋屋頂

家鄉个話語
將芒花稱作娘花
阿爸割下花莖　　粘掃把
阿母擎起掃把　　掃地泥

娘花無像　桐花恁雪白
佢有一兜　滄茫
娘花無像　野薑恁香氣
佢有一息　草味
娘花無像　牡丹恁華麗
佢有一身　強韌

臺灣人个命運
就像菅草　在燥乾乾个山排上
拼命　盤根生芽

農家人个命運
就像娘婆　在冷休休个寒風中
硬撐　佢个艱苦

客家人个命運
就像芒花　在蒼茫茫个暮色中
觀望　佢个前途

原作於1998，2014改寫。

桐花

三四月間
油桐開花
花白如雪

八九月間
油桐落葉
葉黃如土

阿爸在世
滿山種桐
桐子商人買

阿爸過身
滿山桐花
桐花詩人惜

魚藤

長長个遞藤
生根在路唇个山壁頂
福老人、長山人稱佢路藤
毋知佢有麼个用途

軟枝个樹藤
生根在無人種作个荒埔上
泰雅人、客家人喊佢魚藤
做得拿來毒魚蝦

受盡苦難个客家婦女
在坑壢唇洗好衫褲
用洗衫石捶出一捧魚藤水
吞落佢無人可以投訴个　苦命

百勞嘛

有一種鳥仔
在千萬年前
從西馬拉雅高山
移民到東方美麗个海島
島上个先民
喊佢加加鴉

有一位作家
在遙遠个歐洲
虛構出人類變成蜞察个故事
卡夫卡先生
偏好講出一般人
無歡喜聽个真實

書架上个野鳥圖鑑
喊佢樹鵲
家鄉个父老
喊佢長尾鵲　嫌佢偷食木瓜、牛眼
隔壁莊頭个鄉親
喊佢百囉嘛　怨佢特多嘴

你有翼無手
又毋曉得用箸
來啄食我屋唇个
羊屎烏樹子
實在當冤枉
緊食緊跌
跌到滿地泥　酸甜　酸甜个
細粒橄欖

彭欽清

彭欽清（1944～）苗栗泰安人。政治大學西洋語文系學士，美國加州州立大學英文碩士。曾任政治大學副教授，1987年開始從事客家語言文化覺醒運動，同時開始客語寫作，作品以現代詩為多，並以反映社會現象為主題。認為客語作品宜適時呈現客語「牽聲」的元素，因為「牽聲」是客語的靈魂，缺了「牽聲」的客語就缺乏感情。為了呈現真實語言，作品中偶有「禁忌語」出現。近年來以專事研究1905年初版及1926年修訂版的「客英大辭典」，較少創作。

求明牌

做─神──明──儕

愛─較─自──重──兜──仔

無──採─偓──撿─恁──多─分─你──噷──痢─肚

就─淨─分─偓──著─著──三──擺──二──獎──
定─定

幾─千──萬─仔─好──做──麼──个

楔─牙──縫──就─無──罅──喔

你──摎─偓──聽──真─啊─哩─唷

這─擺─係─再─過─害─偓──著──該─有─个─無─个
話─啊

偓──斯──會─變──面──喔

等─偓──騰─火─著─起─來

就─摎─你

手─腳──剁─下──來

目──珠─挖──出──來

鼻─公──割─下─來

頭──那─剼──下─來

擲─擲──到─垃─圾──肚

偓──斯──講──正─經─个─喇

毋─信─你─去─垃─圾─場──看─啊─哩─哪

看─分─偓──斬──忒─个─神──明──有─幾─多─仔─哪

驚──你─恁─老─仔

目——珠—花—花，桌—布—恅—著—菜—瓜
偓——摎——你—配——付 進—口— 个—目——鏡
戴—起—來—看—較—真——兜——啊—哩—喲
面——前——个—號—碼—係—會—著—啊
就—聖——玫
係—毋—會—著—个—話
就——陰——玫
笑——玫——就—毋——使——仔——哪
麼——个—時——節—
你—還——笑—得——出——來
就—恁—仔——講
（硈—喀）

拜問義民爺

手擎清香，
誠心个來拜問：
義民爺，
你該央時
仰會恁煞？
仰會恁攞得落手？
明知這擺出門，
大體會有去無轉，
毋過
你還係行向戰場。

義民爺，
你愛踏出門該下仔，
你个餔娘，
你个子女，
敢無跪下來？
揪等你个手，
目汁濫泔个求你講：
莫去哪！　莫去
顧好自家个屋，
耕好自家个田，
掌好自家个地，

一家人順順序序
毋係盡好！
閒事莫搭恁多哪，
大眾个事
敢有爭差到你一儕？
莫去哪！　莫去

義民爺，
你係毋係正經恁刻情？
餔娘子女个聲聲句句
你全無聽入耳。
核啊起擔頭
你目珠無眨，
頭那無幹，
跋腳就走？
也係
齧等牙根，
忍等目汁，
你千毋盼得，萬毋盼得，
刻耐仔正走得開腳？

義民爺，

最尾來拜問哪，

你著傷橫到戰場

伸最尾幾口氣个時節，

係毋係有想起

家鄉个屋、

家鄉个田、

家鄉个地？

係毋係有想起

屋下个爺哀、餔娘、子女？

係毋係有想起

愛出門該下

屋下人个聲聲句句？

義民爺　義民爺，

你係毋係？

你係毋係感覺著

盡痛腸？

種草莓个老人家个道嘆

嗨——嗯！一實——在閒發冷喔——！
一一一到選舉時——，你知無——？
逐——個候選人，
就膨——風膨到斯——*毋*會煞，
相——賽佇該哆——大話。
隻——隻就講到斯——口潾——泡汝，
哝——哝哀講，
*毋*係說自家有幾——慶欸，
就係罵別個候選人盡——濫。
儕——儕就佇該盡——膨講，
係選——著佢來做个話啊，
這——佢會爭取幾多千萬，該——佢又會爭取幾多億；
這——條路佢定——著會開，該——座橋佢絕——對會做；
大——細事情全——部交待分佢，
佢——就會做到圓滿——圓滿。

哼嗯！莫佇該恁——騙人*毋*識哪——！
倕啊食哩七——十零欸，
選舉啊，選多哩——！
看著个政治人物啊——，
哪——隻*毋*係生來一張尸胐嘴——？
哪——個*毋*係講話像打——屁樣欸？

一——日到暗總會腥——喂喂　尿——嗒嗒，

專——門開歸——大堆仔个空頭支票。

等分佢選——啊著，

兩- ——下半就阿他媽康——苦力，

選舉講个話全——部就毋記得到淨— -淨。

人講个啊，

政——治人物个話　係信得啊——，一屎——就食得哇——，

佢.看斯——嶄——蠻有影喔 ——！

毋係佢.愛講喔，你這兜政治人物啊——，

正- ——經係恁——有才調个話啊，

就去同天公參詳看啊哩哪——，

喊佢草莓期啊——，毋好緊 ——漚雨，

無斯草莓會綿到淨——淨，

本錢拈——就拈毋轉喔——！

另外愛喊佢呀，寒天就愛像寒天——，

忒燒暖个話啊——，草莓會紅來忒遽，

害大家摘到斯——老——命強強就會界收忒。

還有盡——重要个係，選——著个人啊，

莫緊——去打麼个膏米麩球哪——！

也莫專——門去托有錢人个核卵——；

下——把仔啊　也愛到莊下來行啊哩——，

種草莓个老人家个道嘆

x

來看偃這兜耕種人，當——緊工个時節，
半——夜兩點零，寒到正四——五度仔，
就愛去到園項。
額頭戴等探照燈，彎——等老腰骨，
仰——般用像枝仔冰个手指，
定——定仔摘下一粒一粒仔个草莓？

毋過，話——又講倒轉來喔——，
係無這兜人恁——好選舉个話啊——，
該——又會壞蹄喇！
仰般講呢？你怕毋知喔——？
等草莓——紅呵！
歸——大群仔个鳥仔就會飛來偷食，
毒——又毒毋著，打——紙炮仔也嚇毋走，
搣——到大家斯——丟丟——滴滴。
好——得有這兜候選人滿——奈插个宣傳旗仔，
有相又有名仔，幾——好用欵你知無——？
收——收擎來，插——插到田項，
風吹——啊來，
一——隻隻个人頭那就霹靂——噼啦曳曳動，
變到斯——比牛頭馬面還較得人驚，
鳥仔看——啊著，全——部飛到尾瀉屎。

故所俚講啊，

草莓園實──在係臺灣政治人物盡──團結个所在。

毋信个話啊，有閒來大湖看──啊哩哪──，

李登輝　彭明敏　許信良　陳水扁　連戰　宋楚瑜　傅學鵬　何
　　智輝

各──種大細選舉个候選人，

全──部都企到草莓園項，

成立一個當──有效率个聯合政府，

無分你係麼──个黨，佢係麼──个派，

看──啊著有鳥仔飛過來，

逐──儕就盡命欸佇該搖旗仔，

逐──儕就盡命欸佇該另聲胲，

大──家都當認份，

大──家都共條心，

煞──力牯相賽佇該逐鳥仔。

勸伯公

伯公

聽講你想愛討伯婆

有影無

又講你愛面無打褶

又毋好有白頭那毛个

正愛討

𠊎 聽著毋知愛講麼个正好

恁老唉還恁會擇

人無嫌你就異好哩哦

作當人毋嫌你

討恁後生个你堪得無

就講堪得

敢毋會驚會降恁多

伯公

𠊎 看啊

莫恁好就有較好

愛知喲

討來好就好

討來係毋好

你就會有骯髒齋好食喔

毋係嫌你恁老

就係嫌你月給無高

嫌到你無半點好

歸日仔噥噥噥噥

毋係罵你死孤無

就講你恁無才調還敢討

這種日仔敢好過

伯公

𠊎 想啊打單身就有較好

一儕飽就歸家屋飽

一儕睡毋會燒暖

蓋加一領被

攬隻水鴨仔也就好

檢采討著个伯婆會凝覺个話

你就會目金金毋得著到天光喔

伯公

𠊎 摎你開一條計好無

先尋一个來共下歇

試著係無好

做得來尋過

試著有中意

正來正氏討
偃 看恁樣會有較好
無斯討著个伯婆
動啊著就講愛離婚
驚怕你會嚇著

伯公
老牛食嫩草
嬌妻斯難服侍喔
就算你三餐撈佢服侍到像阿公
佢還嫌你手藝濫
去大飯店食較好
你係正經有想討
就愛煞煞從師學煮食
無斯日仔會毋好過喔

故所偃 講啊
伯公
來參詳啊好無
恁費氣个頭路莫恁好有較好
你做你打單身哥
偃 會請莊項个人

較輒來摎你拜，摎你求
分你日夜就會有頭路做
正毋會緊想愛討伯婆
𠊎看恁樣係最好
該聖筊就毋使跌哩哦

據媒體報導，苗栗縣後龍鎮外埔有一尊百年土地公託夢給信徒，說要娶土地婆，必須臉無皺紋，頭髮烏黑、身材嬌小。當地信眾便請木雕師父按指示雕刻一尊，公開迎娶，席開百桌，蔚為奇談。特以該報導為引，作勸伯公詩一首。

笐球

　　庄尾个崩崗脣，野生盡多紅黃色間等个花，鼻起來略略仔會
臭。還細該下，問阿姆該係麼个花？阿姆講：該係綿鼻公花，毋好
去鼻佢，也毋好去拗，鼻歋鼻公會綿，拗佢會分厥笐刺著。

　　讀高中時節，倕躡學寮，阿哥阿嫂各各有頭路，阿姐又嫁忒
了，屋下無人好撿樵草。幾下擺轉屋家，看著阿姆揹等孫仔，企在
崩崗脣，用竹仔做个勾仔，摎綿鼻公花个梗，一支支仔勾上來鐯，
捆到歸大把仔，正慢慢仔拖轉屋下，團做一隻隻个草結準樵燒。

　　問阿姆，仰毋驚鼻公會綿？笐會刺？佢笑笑仔講：老了，鼻公
綿忒也毋怕；皮恁賣，毋驚笐刺。倕行兼去，牽起阿姆个手，摸著
阿姆歸隻仔手巴掌，種等一粒一粒仔个笐球。

曾貴海

曾貴海（1946～）。屏東佳冬人，居住高雄。胸腔內科專科醫師。曾出版臺灣客語、臺灣福佬語及國語詩集，文學及文化評論，生態書寫等著作。

冬夜的面帕粄——記白色年代

一九五○年出頭
臺灣个寒天冷入骨髓
草地也共樣
窮苦年代
大家圍起來分屋家燒暖
有一日冬夜
冷風咻咻滾
黯淡个電火下
一個細人仔攢一碗面帕粄
對巷頭慢慢行過來
伊就是我个同學榮華姑
買面帕粄歸去分伊阿姆食
臺灣个白色恐怖年代
盡多讀書人分人獵殺
一足月前伊阿爸就分人捉去了
前幾日有人拿伊阿爸个杉褲同鞋
擲分跪佇地泥上个伊阿姆
伊阿姆叫泣到沒目汁
面容愁燥到打皺
這擺事情過後
一直到伊阿姆過身
我毋識看過伊阿母个笑容

我个同學榮華牯也避入都市
惦惦討妻仔降細人仔
從來沒尋人聊

附註：還小時節家鄉人買粄條吃，表示那家有人發病或胃口不好。

雨中个美濃

霧氣个白絲帶纏著岈崗
一條彩虹
過幾粒山
佇雨簾中
向東打開一扇天門
中央山脈最靚个小老妹
留戀美濃毋想走个小老妹
雨水洗淨伊个笑容
歸粒山閃爍綠色光彩
八色鳥同黃色揚葉仔
避入母樹林
恬恬聽天公落水
大雨打濕田地
中圳湖半睡半醒聽雨中？渡子歌
孤單个煙樓附近
幾儕農民佇遠方？田坵
彎腰跪落禾行間
行入雨中个美濃山谷
伸手迎接个綠色山脈
用阿姆慈祥个目光
看護子女歸家鄉
大雨過後个小鎮天空

鍾理和毋熄滅？文學光輝
寫在彩虹色帶頂上
……行上行下
……毋當美濃山下

六堆客家人

亞洲大陸个流浪族群

將生命交分海峽黑水溝

來到南台灣屏東平原

向地泥河壩牛姆豬仔禾仔講客話

請來三山國王个山神

落角佇高屏溪東港溪林邊溪邊

一路流浪落來个靠山族群

變成靠河壩个農民

三百零年來，守著這塊土地

毋會少祖先个血汗流落圳溝水

六大座頭正像大樹紮入地泥肚

跈著含笑樹蘭夜合同桂花香

就尋得到客家人屋家

愛花香又勤儉个勞動民族

好讀書又清淨个客家人

毋好忘了客家話

毋好離開六堆家園

像樹根咬狠腳底土地 咬狠＝咬緊

吸飽地泥水

生滿樹葉開滿花

代代傳落去

台灣土地已經聽得識客家話
認得出六堆客家人
瞭解伊等對家園个愛

夜合

日時頭毋想開花
也沒必要開分人看
臨暗 日落後山
夜色跈山風踴來

夜合佇客家人屋家庭院
恬恬打開自家介體香
河洛人沒愛夜合
嫌伊半夜正開鬼花魂
暗微濛介田舍路上
包著面介婦人家
偷摘幾蕊 夜合歸屋家

勞碌命介客家婦人家
老婢命介客家婦人家
沒閒到半夜
正分老公鼻到香

半夜老公
捏散花瓣放滿妻仔ㄟ圓身
花香體香分毋清
屋內屋背 夜合 花蕊全開

田舍臨暗

田舍臨暗
煮熟个紅日頭
勼（縮）做一粒大圓粄
對筆直个檳榔樹中間
慢慢蹓落雲層个梯仔
坐在海面搖來搖去

夜色像細雨毛仔
靜靜飛落鄉村田舍
田坵上个人影
愈看愈烏愈像一堆小稈棚

一群又一群鳥仔飛過來
啄走臨暗个光彩
飛歸鳥竇

天地分一大垺烏布矇等目珠
掀開來
變出一隻大月公

黃卓權

黃卓權，1949年出世。故鄉苗栗；現籍新竹關西。世界新專（世新大學前身）畢業後，做過代課教員、公務員、企業經理、批發商；2003年在關西農校退休。1983年開始臺灣史研究，1987年起在中央研究院及各大學院校所辦个研討會陸續發表臺灣史研究論文。曾受聘交通大學國際客家研究中心駐校文史專家、客座專家。著作：苗栗內山開發之研究、跨時代的臺灣貨殖家：黃南球先生年譜、進出客鄉：鄉土史田野與研究、古文書的解讀與研究上、下篇（與吳學明合著）及臺灣史研究論文數十篇；出版詩集：人間遊戲（60回顧詩選）、笑看江湖詩選等。得過新竹縣（88）傑出文化貢獻獎、國史館臺灣文獻館（100）第4屆傑出臺灣文獻研究獎。

後生時節

一介細阿姐仔
見一擺就像心肝烙到
總要一日沒看到
強強想到發癲

看其唇頭烏蠅恁多
想要開嘴都難
逐日想到半夜著驚
長透就無著無落

寄封E-MAIL，講我介心聲
毋知細阿姐仔
肯不肯回厓介信仔
厓會撈汝逐忒唇頭介烏蠅
剩嗯裡兩儕靜靜伴伴

2008.11.27改寫

打早介台北

一陣引擎（日語）介吵聲
剌落還盲打開介耳孔
瞇著目珠　伸一下懶脛
恬恬吊著介窗簾
盲得時拉開
緊張、勞碌介一日　又要開始

半圓介月華　還在大樓頂料涼
零零落落介星仔　還沒轉屋
睹好　一陣清爽介涼風
吹過無人介巷弄
在日頭出來介樓縫項
輕輕仔拉開天頂介戲簾
漸漸仔　漸漸仔……
顯出一線天光

2008.11.27改寫

拜年

過忒恁多新年
總愛想起
老人家含笑个眼神
就想再看幾眼

自家漸漸變老
心頭肚
淡淡仔閃過个笑容
係頭擺介溫情

總係寫毋出
歲月行過个腳跡
就像酒後
記毋起个空白

2013.03.04　17:00修訂

有惜無惜汝盡知

莫問俋有惜亦無惜
汝介心肚儘明白
俋早就將心肝挖開
就等爾心入來

無使山盟又海誓
無使熱情像火燒
講一千句介綿綿情話
無當恬恬仔掛吊關懷

莫管花開又謝忒
莫問是非撈烏白
總愛真心來相惜
焉作得用斗來量　用車來載

2008.11.30改寫，

這首詩寫於1980.8.3李敖、胡茵夢熱戀時。

古蹟保存

怪手隆隆滾緊敲
無使兩下半
一百零年个老屋
存到一片磚石堆

恬恬企在唇頭
心肝頭个血
一滴 一滴流落肚
侷著介目汁
順等面頰流落來

兩三十年个田野
血　早就滴燥
目汁　毋曉得再流
總係留下
點點滴滴
記毋忒个淒酸

2009.6.30凌晨

羅肇錦

羅肇錦（1949～），苗栗銅鑼人，語言學專家，曾任國立彰化師範大學、國立新竹教育大學教授，目前受聘國立中央大學榮譽教授，專長為臺灣客家語研究。

坐車

等車

　　一分一秒，一畬兩畬，

　　緊等人緊多，逐畬个屎背尾就有人

上車

　　一畬兩畬，一站兩站

　　緊上緊多人，緊極緊多人上

尖車

　　像賣蘿蔔乾，一皮皮个人強強會出水。

　　像釘電線頓，一支支釘在該毋會停動。

坐車

　　車肚个冷氣真好勢

　　後生搞手機　隻隻頭犁犁

　　老人督目睡　又乜頭犁犁

　　存到个目珠精精大家看大家。

下車

　　緊看緊煩　緊坐緊等人惱

　　阿姆哀仰還吂到　盡想遽遽下車

　　男人來女人去　老人上細人下，

坐車就像人生

　　吂上車个人　緊想愛上車

　　上到車肚个人　緊等愛下車

凡間

凡間有一種傳說：
相愛个人有兜仔神經毋正常
定婚个人總會無格無煞
結婚个人有兜仔閒閒無事做
離婚个人總會跌忒東西
凡間有一个事實：
相愛輒常做毋到相守
相約輒常無辦法準期
凡間有一个捉弄：
相守个影仔變成心中个惡夢
思念个魂影卻是心中个最痛

凡間，凡間，何必騙偓
凡間，凡間，毋使害偓
害偓長長个惡夢
騙偓心中个最痛
從今以後
背等千山萬水
望想綿綿無期
偓嘆凡間，也怨傳說
偓求天地，又惱捉弄
偓單淨愛──

不凋不蝕个金石
不遁不逃个天地

自從你講𠊎會寫詩

自從你講𠊎會寫詩：

朝晨頭个鳥仔唱歌就像唸詩

暗晡頭个狗仔緊吠緊吠

吠出一大堆个詩

自從你講𠊎會寫詩：

行到街上　　就看到一支支的電線頓

牽等長長个蜘蛛絲　　在該譜曲寫詩

轉到屋下　　屋邊个舂臼就像詩人个酒杯

睡到眠床　　發夢還緊唸　　床前明月光

自從你講𠊎會寫詩：

𠊎當想生一條尾吊到樹頂

樹尾搖搖　　樹頂一隻猴

自從你講𠊎會寫詩：

𠊎逐日緊想愛尋你共下

共下啉酒

共下唱詩

共下罵人：

歷史上个詩人係正經个詩人

吾隔壁个詩人係一个神經病

中原到客家

三十五年，半隻人生。

這半隻人生：

前半係中原，後半係客家；

前半係雜誌，後半係週刊。

中原時代，唔使愁客家話介失落，殺忙說政府、膨中原，

客家時代，強強會聽唔到客家話，愛辦活動、愛行街頭，

這唔係風水輪流轉，

也唔係客人無才調，

這係麼个？係麼个——

這係恩這代个人「前世無修」：

前世無修，故所愛一日到夜喊人講客話，

前世無修，故所愛週週刊出搶救个文章，

前世無修，故所愛搣到——阿公講國語，孫仔耳背背，

前世無修，故所愛搣到——學校教客話，屋下講官話，

前世無修喔，前世，無修，賴仔捉來做心舅，

前世無修喔，前世，無修，愛炒雞肉無麻油，

做麼个會前世無修？做麼个——

大家知——電視，害人精。

你盡知——教育，無正常。

匡也知——社會，毋民主。

還有盡死無命个係——客人自家罵唔會走醒。

歸日聽人鴨母喙，總愛有錢袋，
歸日驚人比佢卡會，唔知樣搬出菜，

三十五歲，半隻人生。
這半隻人生：
前半生戀戀兮，後半生逼逼跳；
前半生食蕃薯，後半生緊打屁。
還小時節，唔使愁政治社會文化，殺忙學寫字、讀課本，
半老時節，強強會尋無時間睡目，愛看電視、愛讉節目，
這唔係客家無節目，
也唔係客家無人才，
這係麼个？係麼个——
這係恩這代介人「前世無修」：
前世無修，故所無曉得殺力爭取時段，
前世無修，故所無知得大家團結合作，
前世無修，故所愛摵到——各立山頭，殺忙挖空頭，
前世無修，故所愛摵到——各扶各黨，眼中無客家，
前世無修喔，前世，無修，賴仔捉來做心舅，
前世無修喔，前世，無修，愛炒雞肉無麻油，
做麼个會前世無修？做麼个——

因為——

長輩，無能力。

政府，無誠意。

資源，無分配。

還有盡死無命个係——客人自家講唔會分漿。

歸日學人河洛話，總愛有錢花，

歸日騰人北京語，唔肯講客話。

詩人同酒

詩人輒常半夜冗起來

行來行去　毋知愛食麼个酒

紙一張一張扯

字一隻一隻改

酒一口一口啉

就恁仰

扯來扯去　改來改去　啉來啉去

詩人食酒　隔壁个食店　生理緊來緊好

詩人戒酒　隔壁个食店　一間一間緊倒

詩人講

無人食酒係麼个世界

鬼就無愛來歇

故所講

詩人毋好戒酒

戒酒就戒忒若个人生

該年个交情

舊年，用煙薰若影仔
影仔共樣，共樣濛濛隱隱
今年，用酒浸吾心情
結果，嗷也毋係　笑也毋得
就恁樣个煙，恁樣个酒
洽出恁樣个你
日時頭，用BBC　call
暗晡頭，用日光燈照
佬著做得越照越清楚
佬著做得越call越接近
哪知？束到緪緪个心頭
就恁樣　無下無落　叼自家个占董
台北，看毋到若影仔　煞猛想若笑容
苗栗，行妳行過个風寒　愁比暢較多
彰化，孤獨个燒暖　愛靠深深个想像：
共下，共下，同妳共下
共下煙烏酒空个燒暖
共下煙烏酒空个孤獨

利玉芳

利玉芳（1952～），屏東縣內埔鄉人。參加笠詩社、女鯨詩社、臺灣現代詩人協會、臺灣筆會、文學臺灣等。先後曾獲吳濁流新詩獎及陳秀喜詩獎。著有詩集《活的滋味》、《貓》（中、英、日）、《向日葵》、《淡飲洛神花茶的早晨》、利玉芳集。散文集《心香瓣瓣》。兒童創作《聽故事遊下營》、《我家在下營》、《壓不扁的玫瑰——楊逵》、《小園丁》等。

春遊雙夾水

春神
約我散步到堤防
昂頭向大武山拜年
斟一杯萬安
飲一口佳平
左邀後堆
右請先鋒

換一個角度看家鄉
三溝依四溝
四溝憑五溝
樹山伯公來巡邏
硫磺伯婆去護河

吊橋底下
河壩水漫漫流
釣檳沉沉仔垂落雙夾水
白哥仔邀蝦公
蝦公招蛤蟆
春天共陣游到東港溪

覓蜆

我覓著一蕊一蕊蓮蕉花
覓著一隻一隻揚尾仔
覓著賣豆油ke水鼀婆

目眨眨e覓
覓鏡鮮ke童年
覓渾渾ke雲

渾渾ke雲肚
覓著故鄉ke肚臍
山ke背囊

稈棚

禾埕尾个稈棚
係田舍人收藏个作品
係心舅毋使愁个火種

一陣風吹來
有犁耙翻土个黃泥味
有春天蒔秧个臭青
有日頭
挲草觸田流个汗騷

疊到高高个稈棚
知得
放屎擔竿个心情
係水牛飽足个草糧

稈棚下
係雞母帶子
絡食个天堂
係細人仔
掩目避屋个好所在

濛紗煙

雞啼
窗仔背霧濛濛
月光還佇眠帳肚發夢
緊性个家官
喔喔喊hong床

天啄光
灶下火煙煙
柴草情願分人燒
火屎相爭飛上天
想愛變星星

日花仔
掀開包等田坵个面紗
打赤腳个婦人家
將濛濛个心事
躍入禾頭下

膽膽大

八七水災該年我還細
印象迷迷濛濛
規園仔芎蕉樹拗斷利利
第一次看著颱風介壞脾氣

阿爸蒔禾頭
仰般收割爆米花
阿伯種柚仔
仰般摘著粒粒土石

天時吂放晴
有麼個就食麼個
炒蘿蔔乾　煲蕃薯湯　綁番豆

大水沒忒膝頭
腳zang束束無觸地
心肝浮浮冇冇毋實在

睡目睡到半夜發晴盲
好在阿母燒暖的乳姑揙過來
同我惜　同我膽膽大　膽膽大

還福

正月迎春接福
祈求風調雨順國泰民安
收冬時節
達捯願望也好
得捯平安也好
求下二季个福氣　愛還

毛筆恅感恩的心
大大字寫到紅紙頂
山川毓秀　草木皆春
貴客臨門　春光煥彩
大門口窗仔頂門簾頂
宜室宜家　桂馥蘭香

禾庭尾个穀倉貼一張五穀豐收
雞蹟牛欄豬欄貼一張六畜興旺

灶下傳來廚香百味
甜粄發粄龜粄三牲
借春天一托盤个福氣
收冬做愛做一棚戲歸還大地

陳寧貴

陳寧貴（1954～），臺灣屏東人。國防管理學院畢業，曾進入出版公司及雜誌社工作，擔任過主編和總編輯等職務。陳寧貴使用華語與客語創作。作品曾入選現代文學大系、年度臺灣詩選、年度散文選。曾獲教育部詩獎、優秀青年詩人獎、聯合報散文獎等。著有詩集「商怨」暨散文集「天涯與故鄉」等十餘冊。

童年

一粒石頭
流等口瀾
向頂高項飛去

企高高
佇樹頂看風景介樣果
嚇到避入
榮榮介樹葉底背

石頭穿過樹葉
向天頂繼續飛去
變做一隻鵰仔

人生濕夢

三更冬夜
一聲比寒流較冷介
燒肉粽！

突然鑽入我燒暖介被骨底背
發等介夢
蓋像分一盆水潑濕咧

這時節我醒來
又聽著該粗利聲音
像刀仔
一刀一　刀將我切開

一下間
看毋著介血
流到一眠牀

味緒

看到薑絲炒大腸五隻字
我（ngai）蓋像鼻到
麼介強烈味緒
一下間忍毋核（忍不住）
口瀾就像泉水樣
緊湧出來

恬起恁韌介大腸
洽等（混合著）特別辣甜薑絲
同無共樣感覺介調味料
在嘴肚嚼出
分人懷念介客家故鄉味緒

這係客家人代代相傳
血濃於水介味緒
薑絲炒大腸
毋單只係一項客家大菜
也（mei）係一條
分流落異鄉介客家遊子
心靈快快樂樂
歸去故鄉介高速大路

共樣

還細時節
臨暗，我曬等溫溫日頭
企佇入庄介水涵頭
等待去田坵做事介阿姆歸來

過大時節
臨暗，我曬等溫溫日頭
企佇入庄介水涵頭
等待恁靚介細妹仔騎自轉車
經過

到現下
臨暗，我共樣曬等溫溫日頭
企佇都市鬧熱十字路
緊看緊愐
這就係人生麼
經過介就恁樣經過了
還無經過介繼續
等待

頭擺

伸出雙手
泅入頭擺時間介大河壩
去捉歸
記憶底背介鮭魚

牠還共樣
活蹦〔biau〕亂跳
無恓到一分心
就掙脫現在
泅轉過去——

阿爸介心事

年紀入秋後
毋奈何分時間介秋風一吹
烏色頭那毛
越吹越白
面項，無聲無息
一夜間
分人生介落葉佔等

入冬後
汝一個人坐佇禾埕
用頭擺曬金黃禾穀介日頭
曬自家

陳黎

陳黎，本名陳膺文，一九五四年生，臺灣花蓮人。曾獲國家文藝獎，吳三連文藝獎，時報文學獎敘事詩首獎、新詩首獎，聯合報文學獎新詩首獎，臺灣文學獎新詩金典獎，梁實秋文學獎翻譯獎等。二〇〇五年獲選「臺灣當代十大詩人」。二〇一二年獲邀代表臺灣參加倫敦奧林匹克詩歌節。二〇一四年受邀參加美國愛荷華大學「國際寫作計畫」。著有詩集，散文集，音樂評介集凡二十餘種。譯有《辛波絲卡詩集》、《拉丁美洲現代詩選》等二十餘種。

月光華華

月光華華，滿姑滿姑
倕看到一條白馬
對你唱个歌仔颺出來
白白亮亮，親像鶯歌博物館
裡背个陶馬，在天頂。
你歌仔唱遶，佢就走遶
你歌仔唱慢，佢就慢慢行：
月光光，秀才郎，騎白馬，過蓮塘……

你講你聽阿婆講，阿太
頭攦係秀才，天晴時做田事
落水時在屋下讀書，暗哺頭
騎一條白馬，一個人偷偷仔去
三峽水沖壙沖涼，鑿綠竹筍
啊，坐在該片白馬背上
唱歌个，敢係阿太？

倕將歌仔錄到手機裡背
作業做好，身仔洗好，眠床上
睡目時，打開手機仔，月光華華
倕就看到阿太騎一條白馬，一下仔
大聲唱歌，一下仔細聲同倕講：

細人仔好好讀書，等大咧
撩𠊎共下騎馬，過三重埔，食
八尺長个狀元鯉嬤……

客中水月

1 十分水

細妹仔恁靚！

你的瀑布好像（十分，十分
像）她們的
細肩帶，細細的……
有聲
有色
有舌

隨熱天的風伸出去
舔細倈仔面頰卵紅啾啾的血

一條條博命的花舌

2 三峽月

我至極望你像三峽的月
光光

我細細聲講：分我一半
的光

我登時看到你脫下來一半的你：
　脫
　月

　　兌

跌落去我的心

　　兌

　　心
　　悅

一蕊歡喜的夜合花：
你的，我
的
　光

註：十分瀑布，在台北平溪。

上邪

上妹，毋係
邪惡，係天啊！
倻愛同你相好。同你
行過山路，行過秋冬春夏
一下看樹一下寮，唱一條
桐花个歌仔，唱到油桐綠葉
黃如上，唱到泥下落葉開白花
山路脣口个石頭，一粒粒聽到
浮起來⋯⋯莫管雞啼四、五更
你就同倻相連唱，唱到白雪雪个
桐花變雪花，揚蝶仔樣，漫天飛舞
一蕊一蕊鋪成新娘床，靚到無人敢出聲

倻毋使唱歌，你毋使講話，無聲个桐花
替倻兩人出聲。五花瓣个白色晶體
最恬靜个雪，最單純个花。白係
唯一个語言。跌落个姿態親像
倻等夢个身胚⋯⋯發夢，睡目
天地間一等自在，平和个眠床
倻毋敢隨意停動，盡驚壓到
踩到，共樣睡忒了个花仔
啊佢等係眠床又係睡美人

溫暖个五月雪，將倔
將你將時間連成
一條白被仔

註：上邪，漢代樂府詩，其首句「上邪，我欲與君相知」，用客
　　家語說大概是「天啊！倔愛同你相好」。

美濃雨水

美濃雨水溚溚仔跌
點點滴滴落在
我心上，並且附贈
一支小油紙傘
以免思念過重
過濕，讓心
承受不了……
一點一點是
你的好，一滴
一滴是回憶的美
美濃舊橋跨過
美濃溪，你
從柚仔林擎著傘
過橋來。美濃
雨水美美地落在
美濃油紙傘上
落在我心傘的是你
傘上滴啊滴的美濃
雨水。美濃雨水
溚溚仔跌，美
濃雨水，美
濃於

水

……

註：美濃舊橋，建於昭和五年，是舊時高雄美濃中心地區跨越美
　　濃溪之聯外要道。

張捷明

　　張捷明（1956～）苗栗人，客語兒少文學作家，桃園縣客家語教師協會理事長，曾得過：教育部客語散文首獎、韓愈文化祭客語現代詩首獎、臺北市客語現代詩首獎、教育部客語散文首獎、教育部客語新詩首獎、國立臺灣文學館客語散文金典獎、臺南市客語散文獎、大路關客語散文獎首獎、第五屆桐花文學客語小說獎。出版過系列客語童詩、童話等兒少文學及客語散文等十三本。

阿爸賣菜

雞亘啼
天亘光
臺北个天頂
像烏色个大鑊蓋
阿爸打早就疕床
市場就愛開張

打發o ∨ do bai ∖
引擎聲摻巷仔个恬靜
攏到夢散到一地泥
車燈點著比等孤棲个路
掀開生活个天光

引擎聲緊來緊遠
像汶水總會停腳
水轉鮮夢轉圓
被骨恁燒暖
想著阿爸像辛苦个鳥嬤
為著藪肚嘴擘擘个細鳥子
暗夜還愛出外絡食
心肝跑馬作浪；澎湃激盪

阿爸賣菜

125

阿爸講
早起三朝當一工
驚燒怕冷毋係客家本色
客家字典無畏寒

堅耐个阿爸
分𠊎無愁無慮个偎靠
還摎市場肚
熟毋熟識个阿叔阿伯
共下準備
活力臺北一日个食雜三餐

黄子堯

黃_{恒秋}，本名黃子堯（1957～），苗栗銅鑼灣人，曾任《客家雜誌》總編輯、財團法人寶島客家廣播電台台長等職，現任臺灣客家筆會理事長、《文學客家》社長。

　　黃恒秋於一九七五年在台中創立「匯流詩展」，之後加入笠詩社（1981），新陸詩社（1988），創組蕃薯詩社（1991），煞猛臺灣客家文學个創作摎研究。出版有詩集《葫蘆的心事》（1981）、《寂寞的密度》（1989）、《擔竿人生》（1990）、《我是鸚鵡》（1994）、《見笑花》（1998）、《客家詩篇》（2002）、《客庄鄉音》（2009）等，論評集《臺灣文學與現代詩》（1992）、《臺灣客家文學史概論》（1998）、《客家民間文學》（2003）等，主編《客家台語詩選》（1995）、《收冬戲：客家詩歌交會个慶典》（2001）、《客家山歌200首》（2010）、《當代客家文學2013》等書。

汝記得無？

𠊎還記得
細細个時節
青青个田洋摎狹狹个
屋家

𠊎還記得
闊闊个禾埕
飛上飛下火焰蟲摎生趣个
撮把戲

𠊎還記得
西片白白个河灞
大大个石頭摎蟲上蟲下个
蝦公摎蝦蟆

𠊎還記得
東片大嫲條个火車路
摎老老个細姑度等孫仔
轉妹家帶來好吃个等路摎粢粑

𠊎還記得
幼幼个竹籬笆摎高高个老榕樹

歸庄人共下寮涼打嘴鼓

食等蘿蔔粄摎蕃薯簽个下晝

伙房下

所有个人都走了
伸著一間老伙房

開過千萬擺个門
無半點聲

單淨有屋面前个芎蕉樹
彎腰向地泥下
跈等一陣一陣个涼風
講歸庄人个故事

禾埕項
留下來个磨石、穀扒
親像毋記得麼个
乜無想愛做麼个

一陣屋簷鳥仔飛來
又
飛走哩

真愛

偓到汝个背後
尋著汝長長个影仔
日頭到遠遠个天頂
摻世界照到明明白白
這個時代，實在無麼个偉大

講愛共下
去一個無人尋得著个所在
用一步又一步个腳跡
彎斡橫架直架个地圖
唉！
命運行過
風雨行過
這實在係盡生趣个悲哀
乜係當得人惜个
傷痛

臺灣悲歌──921大地動

這世界既經烏暗下來
空氣中充滿日頭落山个悲傷
吾个鄉親
用自家雙手打造个屋舍
埋葬理想摎疼惜个時光

這世界既經烏暗下來
斷忒个路摎橫下來个磚瓦
吾个鄉親
恬恬到該求救
佢嘹亮个山歌無人有福氣再過聽著

這世界既經烏暗下來
祖先開拓个土地摎家園
吾个鄉親
在暗夜裡肚敨大氣
擘毋開个目珠有沈重个血色

這世界正經愛烏暗下來？
怪手摎灰塵个聲音
吾个鄉親
慢慢仔感覺毋出震動个動作

一擺又一擺个喊聲

只有牛頭馬面知著……

一支白頭那毛

毋知哪久開始
注意著頭那頂个一支
白頭那毛

反過來反過去
想拿剪刀來
認真處理一下
又短又粗个白頭那毛
越园嗄越入去

這係當無面子
又當傷腦筋个小可問題
一支白頭那毛
將男仔人一生个元氣
就恁仔
由烏轉白慢慢消磨落去

禾仔在唱歌

六月天公
日頭在臺灣个土地上
煞猛放送

滿田洋
禾仔既經準備好勢
分按算收割个伯公伯婆
掩等嘴角
笑

日仔無算長
一坵一坵个田
帶等風
帶等霜
傳送今年豐收个消息
只聽著
叔公伯姆
大聲
講

禾仔在唱歌
禾仔在唱歌

江昀

　　江昀（1958～），本名江秀鳳，另有筆名江嵐。臺灣客家筆會同仁、臺灣現代詩人協會理事。曾獲第十五屆南瀛文學獎現代詩首獎。著有詩集「逗點」、散文集「薰衣草姑娘」、客語詩畫集「江嵐‧采諭詩畫家鄉專輯」、客語散文「阿婆个菜園」、客語詩集「曾文溪个歌聲」100首、客語散文「生命个樓梯」、「米可魯」生命教育繪本等。

老屋

落雨天
對屋簷下行過
滴滴湉湉个雨水
點點跌落吾个心肝窟

發風時
伊伊歪歪个門窗
用佢个老骨頭
撐等一門家風

好天時正知得
老屋用佢溜皮溜骨个手腳
摎皺之郎當个老面皮
恬恬仔記錄
一屋肚个春秋

客家鹹菜

分海水滷過个歷史
係阿婆惜入心个私頦
冬下頭个田坵
滿奈就係青離離个芥菜
婦人家講長講短
园毋歇个心事
在田竇肚緊生緊長

歸庄頭大大桶个鹹菜
裝等家家屋屋个希望
烏疏疏个鹹菜乾
係阿婆頭那頂盡靚个髻鬃花

三層肉炆鹹菜乾
炒鹹菜帶飯包
耕讀傳家个味緒啊
跈等客人過烏水溝搵鹹水到臺灣

月下吟唱

這係一條山歌
也係一首詩
總係在半睡半醒个
夢底肚吟唱

留半口酒分遠方个歸人
毋敢食醉係盡靚个風景
天長地闊就收得著若个音波
山高水遠就聽得著若个歌聲

這係一條山歌
也係一首詩
總係在半睡半醒个
夢底肚吟唱

一曲就醉
毋
願
醒

桐花去旅行

無閒个河壩水
帶等幾多山林个故事
摎客家耕讀傳家个精神
活到滿天下

一陣桐花湊等去旅行
一路飛上飛下
上家盤下家
山狗大、草蜢仔飆上飆下
竹雞仔、膨尾鼠跳上跌落
臺灣山娘山歌溜天

一條水路長楠楠
過山過溝、過窩過壢
暗晡頭看星看月看燈火
日時頭看天看地看山花

毋驚石頭心肝硬
就驚水性忒彎幹
管得佢風雨日頭烈
厓兜還係愛旅行
就算賭一日个命

愛離開爺哀个土地

㑷愛勇敢行出大山排

天邊海角有阿姆話做伴

厓愛去摎全世界講

桐花係客家个靚

吾个故鄉在山頂

青苔路遠

讀一本山水
掀過萬卷春秋
為著愛尋轉
還細時節个山林記憶

山有靈性
水有才情
圖係心肝肚个山水
山水係土地項个詩
尋你千年古典个桐花
承佇手心个
係盡相惜个愛戀
含笑綻出雪白个花海
織一路花香
單純个琉璃心
係流傳人間盡靚个故事

青苔路遠
塵沙千里个山嵐
係心肝肚驚見笑个天弓
轉去故鄉尋妳
落雪个容顏

風，低言細語問路
桐花姐妹笑眯眯講
請問你適奈位來？

黃有富

黃有富（1959～），1959年出世，故鄉係桃園个觀音。1979年省立台北師專畢業，參與過兒童文學學會个籌備創會。2001年新竹師院台語所碩士班畢業，參加台北縣鄉土母語教材个編輯，摎自家个母語拈轉來寫作。聽講祖公係講饒平个，背祖講四縣摎Holo；本身自家從細慣講海陸，毋過舌ma底肚還保留一息息饒平个味緒。

台大醫院門口

暗夜裡肚，
醫院个大門口，
青紅燈偓偓眨眨。

遠遠个天頂項，
月光摎星仔在該
恬恬个看等
出出入入个
少年、青年摎老人家，
男人摎婦人家。

日時頭，高高个天頂項，
換口頭在該
恬恬个照等
發病、回復摎死亡，
交交雜雜，無停个
交交雜雜。

人講：
善有善報，惡有惡報；
毋係毋報，時節吂到。
幾千年來敢識應驗？

發病入這醫院个大門口，
係回復得到健康，
也係橫在病房，
也係過身轉去天堂，
有麼儕會知？

人講：
善有善報，惡有惡報；
毋係毋報，時節吂到。
敢係有影？

嘴

厓恬恬个
一儕人坐等
毋多知仔斯過忒半日

一个人做事
動手動腳
汗流脈落
兩張嘴　講佢戀仔
三張嘴　講佢假會
講這講該
無一句好話

一个人爬山
三步併作兩步行
緊爬緊高
三張嘴　講佢孤老
兩張嘴　講佢高傲
講該講這
少一句好話

這兩日
嘴無想愛講話

恬恬个
一儕人坐等
毋多知仔斯到三更半夜

看

倕企在山頂，看著
細細个你，
矮矮个你，
企在對面个山頂。

倕擘金目珠認真看你，
還係看著
細細个你，
矮矮个你。

你在對面个山頂企等，
敢有看到倕？
你，＿＿＿＿
係用麼个眼光看倕？

倕企在山頂看你，
倕看你，
緊看緊細，
緊看緊矮。

巷仔

巷仔裡肚
係無其他出路个
死巷

旁脣个新屋緊起緊高
巷仔緊來緊矮
日頭常常毋記得
來這位看看啊
公正个天公乜照顧毋著
緊來緊矮个巷仔

放手

毋放心
你毋肯放手
揢等佢个手
十三年毋識放禮
緊揢緊緪

毋放心
你毋肯放開
揢等个手
你敢毋知佢有出力揢等你个手無

毋放心
你毋肯放手
佢無出力个手
你揢毋核
總係愛放手

毋放心
你毋肯放手
想愛奮開个手
你揢毋核
總係愛放手

毋放心
你毋肯放手
時間到了
還係愛放手

羅思容

羅思容（1960～）苗栗人。詩作發表於《現代詩》、《臺灣
文學季刊》、《笠詩刊》、《雙子星詩刊》、香港《呼吸詩刊》、
人間副刊。以客語、閩南語及華語創作歌謠，出版專輯《每日》及
《攬花去》，榮獲金曲獎「最佳客語歌手」與「最佳客語專輯」，
金音獎「最佳民謠音樂專輯獎」，華語金曲獎「評審團大獎」，華
語音樂傳媒大獎「最佳民族音樂藝人獎」。

每日

每日朝晨
明亮个曙光
斜斜个透出來
𠊎毋知仰般形
身體尋毋到世界个出口
𠊎徬徨
總感覺尋毋到自家

啊　這係麼个世界
這係麼个世界啊

看𠊎个妹仔
香香甜甜个沉睡
正發現
恬靜个世界恁莊嚴
屋唇个柑仔花
甜蜜个香味
𠊎个心起了變化

像一个細人仔　每日做著奇妙个夢
七層塔个滋味
一息息个感情

長長个留戀
有麼介還留在嘴角
啊　該就係七層塔个滋味

一息息个慾望
重重个追求
暗夜个路項　有麼介味道
啊　該就係七層塔个滋味

相思在遠遠个童年開始
回憶在近近个嘴肚嗹咬
啊七層塔
係阿姆煮个菜
係思念故鄉个滋味

壁壢角

壁壢角烏烏
該係𠊎輒輒驚驚个所在
該位园等盡多个鬼仔

壁壢角　放一隻尿桶
臭芳芳　𠊎毋喜歡

壁壢角
係阿姆喊𠊎掃地泥
一定要掃淨利个所在
阿姆講
壁壢角毋淨利
就會有垃圾个東西
偷去屋家个平安佬福氣

緀

綠色个朝晨
一蕊蕊个花
開到奈就係
一坯坯个花布
緀出一方人生个花園

日落个臨暗頭
花布項个鳥仔
陣陣飛
天穹个缺角要用五色石正做得補
人生个缺角係不係做得用一針一線來緀
一針一線緀　緀出一片天
一針一線緀　緀出一世界

高高个天　低低个風
靜靜个夜佇个唱等歌
要佬細妹人个心緀落去
要佬阿姆个祈禱緀落去
要佬永久个愛緀落去
要佬幸福个夢緀落去

一針一線攣　攣出一片天
一針一線攣　攣出一世界
飛出籠去
在破碎个鏡台
看到自家破碎个面頰
逐擺洗面
水喉嘔出漍漍瀉瀉个水聲
像𠊎跩跩鬱鬱个心
面盆肚項
看到澇澇落落个自家
就像翼披披个鳥子
飛毋出搞鳥人个巴掌

（啊　無唱山歌𠊎心毋開喲）

別人个老公像老公
𠊎个老公死貓公
保佑老公遽遽死
等𠊎畫眉飛出籠

（啊　唱條山歌心就開哪）

要飛要飛　飛出籠去
飛到天頂　飛過海
飛到山頭　飛過林
千千萬萬毋好飛到過去啊

要飛要飛　飛出籠去
飛向頭前
飛向未來
飛到𠊎秘密个花園

一粒星仔

一粒星仔
一坵水田
一叢竹仔
一陣風
無聲無息个土地
無聲無息个土地

樹上有鳥
埤塘有魚
水田有星
生命半掩个該扇門
開啟詩歌个翼胛

一間屋仔
一頂眠床
一首歌仔
一儕人
還在介等待命運个轉身
還在介等待命運个轉身

彭歲玲

彭歲玲（1964～）苗栗人。擔任台東縣本土語指導員摎國教輔導團客家語輔導員。盡愛文學摎旅行，近年來煞猛學習用母語書寫現代詩、散文摎短篇小說。教育部閩客語文學獎客家語短篇小說教師組得到第二名，2013客家筆會獎短篇小說組得到第二名。

文學奇緣个大戲

時間做大導演
他用獨到个思想主導這場戲
選了大路關个場景
兩百零年前邀請了一群客家子民
來到這位　開山打林
來到這位　深耕發芽

老屋跡摔手寫腳本
一磚一瓦寫等
疲爬極蹶雙手起屋建立家園个過程
在眠床下个大醃缸寫等
煞猛種菜覆菜滷鹹菜个生活
在大禾埕个凳頭項寫等
打嘴鼓打鬥敘个情景，讀書講古个身影
在井水水面寫等
阿太个阿太……活水个源頭
在天邊个雲彩寫等
大家係
仰般个緣份

藍天白雲田坵山林係最湛个布幕
純樸係大襟衫項靚靚个共樣个色水

鑊頭吸引攝影機个大鏡
挖出一坏一坏个禾秧
擔竿吸引攝影機个大鏡
核出一擔一擔个穀糧
花色大手帕巾仔擦等流水樣仔个汗臊
日頭下笠嬤花開等……笑容

無想到堵到，別位又有一齣看起來又無像做戲个戲……做忒大
連累歸大片客家莊
家園強強會分人滅忒去了
鄉親大團結
擔任客家六堆的右堆
盡命牯保護家園
絕對無愛分人
消煞

大導演講：
大戲無恁簡單，乜無可能一下仔就煞棚
像覆菜塞到罐仔肚無空氣正毋會生菇
又像囥在眠床下个老菜脯
越久越有搭碓
目珠擘金敨大氣就會知

大導演最合意个
在這位
連愛情都演到恁有老味緒

1915年
時間大導演
安排一位比原鄉人還較原鄉人个主角在這位出世
佢用多情个心
多采个文筆記錄
傳奇

現在
時間大導演
他用特別个眼光
邀請偃俚來到大路關
原來
這位所毋單淨係欣賞客家文學个關口
乜係前往臺灣文學个大路
文學奇緣
正愛開始

花色个大手帕巾仔

一條花色个大手帕巾仔
包等飯篼仔
背在身項
陪偓去學校讀書
係一種
愛心

一條花色个大手帕巾仔
包等牲儀
攐在手項
陪偲俚去伯公廟拜喏
係一種
保祐

一條花色个大手帕巾仔
包等笠嫲
戴在頭那頂
陪婦人家落田做事
係一種
煞猛

花色个大手帕巾仔
包等
美麗

在這位

待在山肚
開山打林，翻山過嶺
從來就毋會唉唉噴噴
仰愛恁樣
在這位，毋去別位呢？
係跈等祖先的腳步
係歸圓身本來就流等煞猛打拼毋驚吃苦个血脈

待在海脣
駛船打撈，餐風食露
從來就毋會打卵退
仰愛恁樣
在這位，毋去別位呢？
係跈等祖先的腳步
係歸圓身本來就流等冒險患難勇敢向前个血脈

待在街路
衝上衝下，毋閒直掣
從來就毋會放棄
仰愛恁樣
在這位，毋去別位呢
係跈等社會的腳步

尋一種生活个力量
想望

真花摻假花

真真假假
共樣係靚靚个花仔
沒麼个爭差
有一日
有人講
屋下若放假花
感情會虛虛假假
正開始
認真觀察

假花
做得放當久
放到毋記得去整理
毋想到
身上个泥灰緊來緊賣（pun ✓）
難怪心花毋會開

真花
做毋得放當久
知她沒幾日仔就會謝忒
特別會多看幾眼
逐日定著愛記得換水、整理

看她緊開緊靚
心花就跠等開
真花教佢
煞猛
真花教佢
珍惜

原來
真花正係我愛个

張芳慈

張芳慈（1964～），台中東勢人。

曾加入笠詩社，女鯨詩社。2002年客語詩由「寮下人劇團」，
發表演出《在地的花蕾》。2003年客語詩作於「光環舞集」作品
《平板》中，以跨領域的形式演出。2004年主持《客家細妹寫歷
史》計劃，主持《客家音樂大家共下大聲唱》計畫。2005年作品編
入文建會贊助之《國民文學選》。2008年作品參與「歡喜扮戲團」
影像演出。國家文學館臺灣百位詩人數位影像個人專輯製作。完成
國家文化基金會現代詩創作補助《翩翩起舞》。2009年協助巨匠電
腦製作全球華人客家數位現代詩教材。歷年來詩作散見於年度文學
選和各家編選專輯，也應邀國內外交流發表，作品廣譯有英、日、
印、蒙和土耳其文等。獲吳濁流新詩獎、陳秀喜詩獎、教育部推展
本土語言個人貢獻獎、榮後臺灣詩人獎。出版詩集《越軌》、《紅
色漩渦》、《天光日》、《留聲》。

出席

該當時
喉涎頭已像卡著一粒火炭个樣
該當時
緊顫个身體無法度企好勢
該當時
故鄉人分我做膽
準講無聲乜愛講出自家个話
這斯係正經出席咧

有兜人聽得識
有兜人毋識聽過
過有兜人無麼認同
毋過　我決定分厥等一個機會

可比講你問我心肝肚个該首詩

可比講你問我心肝肚个該首詩
玄玄風斯會恬著
一半下大一半下細个大甲河水
還有盤過大雪山个白雲
哦　我所罣吊个你
秋分時節芒冬花排出轉屋家个路
你敢知得寒天打霜个竹圍有幾堅韌呢

可比講你問我心肝肚个該首詩
三不二時斯會試著毋知哪位疾
想愛食山林肚人家滷个鹹菜
還有攤在禾埕曬个菜頭粮
哦　我所罣吊个你
鄰舍晡娘儕做月介雞酒香幾餳人
揇米冇揇出一莊又一莊細人个笑聲
你敢還記得有一個時代係食蕃薯籤過日

逐擺你問我心肝肚个該首詩
我斯像愛尋竇个鳥子
飛過一間又一間介屋簷唇
尾下　在拆撤个老屋對面停途
見恬著阿爹个鑊頭

我斯像搭緊歸手牛眼樹下个泥團
喔　原來泥肚有雷公筋个根脈
揹在石駁孔肚乜硬硬愛鑽出嫩筍

毋好過問我心肝肚个該首詩
該係倒覆在我回憶底肚个疾
恁久以來盡想愛保留語言个回甘
毋過實在講乜毋知哪位所爭
細義勾出个逐句話
一隻音一隻音讀分你聽該下
已像鼻著有兜生菇臭餿撇个味瑞

該首詩
一半下又想愛你輒輒來問起
因致田坵犁過个泥堀又鬆又肥
所罨吊个你呵
試恬看一頭一頭个禾啊在風中哂哂嗦嗦
總係有一日會打出飽米个禾串
可比講你過問我心肝肚个這首詩
你敢知我有幾想愛替你再過讀一遍
一句跈緊一句
像鮮鮮河水一浪激過一浪流毋停

食茶

你目神底背个我
我目神底肚个你
這滿滾了

該斯兩皮嫩葉合一心
定定弓開
定定弓開

啊
出味了
出味了

揹帶

這條揹帶
揹過當多人
一代傳過一代
細豚嬰貼緊背囊
恬恬睡快快大
揹帶絆緊阿姆个奶姑
斯毋驚肚屎會飫著

這條揹帶長又長
揹緊雨水同清風
揹緊梨園同田洋
乜揹緊日頭同月光

這條揹帶軟又軟
揹過山歌同笑聲
揹過目汁同汗酸
乜揹過人生行四方

你斯毋好嫌佢恁舊
你斯毋好嫌佢色目醜
該奶臊啊
係吾等發夢都想愛鼻著个味瑞

斷烏介巷肚

斷烏个巷肚
阿姆細聲同我講
過出去寮斯會分魍神牽去
該下還毋知好驚个我
長在對窗門个細縫
想愛看魍神生來麼个樣相

魍神一日無來
一年無來
幾下年毋知有來也無來
聽大人講夥房肚个阿叔打毋見咧
上屋个阿伯乜尋無人
做麼个無人恛著係分魍神牽去呢

臨暗時節
見親人白轉夜
我斯會驚怕
該生像人形又像禽獸个魍神
毋知會對哪條斷烏个巷肚
目珠利利在該伏緊

我想愛—我無想愛——

我想愛在春天　鼻得到花香
我想愛在熱天　使得去河壩搞水
我想愛秋天時節　度細人放紙鷂
我還盡愛冬下　吾等偎緊焙火來講古
本成快樂毋使插電
本成幸福毋使插電

可比講有一日　劫氣毋得
可比講有一日　食睡毋得
可比講有一日　定動毋得
就算有電也有核爆輻射个危險
該下就算有電也無人同你坐聊了

我無想愛該日來到
我無想愛無爺無哀無子無孫
我無想愛無朋無友無聲無息
我無想愛分核爆打橫人生
人算哪　花花假假我無想愛
人係算得到　天公斯換你做了

葉國居

葉國居（1984～）103年九歌年度散文獎得主。聯合報文學獎散文大獎。金曲獎最佳作詞入圍。第二、八屆自由時報林榮三文學獎散文二獎。梁實秋文學獎散文獎。台北文學獎散文獎。桐花、玉山、竹塹、花蓮文學獎首獎，金像獎歌詞首獎。103由聯合文學出版髻鬃花散文集，作品收錄臺灣及香港中學讀本。

老相片

臨暗仔个迪化街
醃製个魚頭目金金仔　看清楚
自家个身價
歸群人上街个時節
擘嘴露牙講等老街个春秋
阿婆攏等該條曬燥个魷魚
想愛藉阿婆粒粒个汗珠
泅水去
滿山个金針花海

阿婆个菜單
有串香个香菇
有脫忒紅衫个蝦仁
佢記得為有身項个心臼買當歸枸杞
就想不起來要降火个熱天
一蕾蕾笑開來个菊花
就囥在相框中个壁壢角

畫室

——訪客籍藝術家蕭如松紀念園區

畫。用「田」做部首，掌等客家庄
掌等昨暗晡㐓燥个畫圖紙，天𣍯光就喊日頭　床
揹等畫架寫生腳步聲輕輕
雙腳行得到个地方就係天下。佢用一支筆
界定人生个版圖

江山有幾大咧？佢生活在自家个世界
一路里來長袖衫短袖衫个打扮
生活个構圖相當簡單
飯篼肚个白飯摎菜脯，鉛筆素描个黑摎白
教書摎畫圖，上課个粉筆摎水彩
蠟果石膏像色料調色盤洗筆个水桶鏘鏘鐺鐺
這兜傢啦伙，係佢人生最重要个財產

室。以「宀」為頂个日式矮屋，暗夜佢轉「至」這所在
天公落水咚咚掃過迴廊，狹櫛櫛个巷仔連接未完成个線條
灶下、房間漏水滴答，水桶摎畫筆打鬥敘唧唧呷呷
老花目鏡佇暗朦朦个電火下認真
線條落紙就生根，就像天井个榕樹用藤圍揪揪
故鄉，客家庄竹東

就不停畫圖，用畫來對抗都市偷偷个鬧熱
發燒。山也落畫，湖也落畫，桐花茶園
落畫，客家也行入畫肚
江山如畫佢擁有一張張个江山
佢忽然間就老了，所有个青春身影
還留佇畫裡背

髻鬃花

在家鄉，開等一蕾白白靚靚个花，
一蕾花，看起來，就像人擎等一支遮仔，
打早在田園山崎，
暗晡頭又轉到𠊎屋下，
該蕾花，係阿婆頭那頂个髻鬃花，
髻鬃花毋驚日頭烈烈，天公轉風車。
哈哈，不管在那位，心肝盡在，
心頭暖一支遮仔
髻鬃花你看該，
迷人花香毋會差，
該蕾花，汗水香，
囥等親情分麼儕，
髻鬃花，係恁樣勞勞碌碌，
朝晨做到日頭斜斜，
髻鬃花你看該，阿婆越老越開花，
該蕾花白雪雪，青絲變白髮為了家，
這蕾花，係恁樣个永永遠遠，
日日年年開等啊。

阿婆發个癌症還吂天光

故鄉客家莊有一坵田，係祖田
起風个暗夜天頂沒月光
菜蟲在深夜偷偷圍食阿婆種个菜
該逐皮菜葉仔，都係佢毋願讓步个疆土
阿婆在烏天暗地擎一支手電筒，跍在菜園捉蟲
轉屋後還吂天光

阿婆心肚也有一坵田，係心地
半夜嗽毋停，一聲聲个砲彈害佢透毋過氣來
一種「菌」个細蟲，在黑夜中圍攻佢个肺
該兩皮肺葉仔係阿婆節節敗退个版圖
逐隻暗晡佢在大眠床頂忍等病痛，翻過來又翻過去
等毋到天光

屋前个祖田，阿婆个心地
在阿婆發病个時節慢慢相接連
佢拖等緊來緊重个病在田中央弓身種菜，滴落汗汁
該菜葉个疆土，該肺葉个版圖
係阿婆晚年个雙重選選題
佢勾選為佢行前抵抗，也勾選為佢讓步

如今𠊎了解自家係一條大菜蟲
食忒祖田歸園个菜，食忒阿婆心地个兩皮葉仔
半夜發夢忽然間著驚坐起來
在病床前，阿婆發个癌症還毋天光

劉正偉

劉正偉（196～），臺灣省苗栗縣人。佛光大學文學博士。目前為國立台北大學中文系兼任助理教授。曾獲：臺灣日報台中風華現代詩評審獎、全國優秀青年詩人獎、鹽分地帶文學獎新詩獎、苗栗縣夢花文學獎新詩首獎等。著有詩集：《思憶症》、《夢花庄碑記》、《遊樂園》。論著：《覃子豪詩研究》、《早期藍星詩社（1954-1971）研究》。編選：《新詩播種者—覃子豪詩文選》、《臺灣詩人選集—覃子豪集》等。

阿爸个心跳

細人仔个時節，從識字開始
𠊎就對阿爸毋異諒解
因為佢，𠊎屋下係三級貧戶
施田巡田水摘茶割草飼牛
搭日佇有作毋完个事情
鄰舍全部走去撩，𠊎兜佇愛作到半條命

小人仔个時節，𠊎就開始同阿爸共下做事
小學兩年𠊎就會駛犁耙、打轆轤施秧仔
毋過，掌草係𠊎盡惱恨个農事
背囊會分日頭強強曬到熟忕
泥田底肚，還有泥蜂仔會叮你
打赤腳，毋知哪良時會分佢叮到
痛到你會跳起來，喊阿姆哀

漸漸仔，等𠊎卡太兜仔
我正知佢腳底係做兵行軍磨爛皮
無醫好，變到蜂窩性組織炎正會按餲
慢慢從腳底爛上來，行路無方便
漸漸仔，變到中度殘障人士
佢正知佢愛蓄一家人，無簡單

舊年底，將近八十歲个阿爸兜屋背跌倒
趕緊送到長庚急救，等忒三四日正開刀鋸腳
看到阿爸兜个受苦，倕个目汁險險跌落來
等麻藥退个時間，佢講當毋暢快
倕就同倕个手放到佢心臟頂背盡惜
突然感覺到沉重个心跳聲，砰砰
个係阿爸頑強，硬頸个心跳

徐雲興

一隻平常毋過个名仔，係催个姐公
1943年，佢20歲正結婚無異久
殖民母國日本徵召佢過去大陸
過無異久，偉大个國軍
射出个一粒小小仔个銃子
穿過佢跳動个心臟，一隻熱情
單純，掛心新娘个心臟

介良時，佢緊緊抓著新婚个相片
盡驚一放手，新娘仔就會飛走
佢無知，催姆已經在新娘肚史裡肚
惦惦仔發芽，惦惦仔變大

1943年，徐雲興，20歲
永久个20歲，佢感覺茫然
在兩隻偉大个祖國中間橫下
佢像一个亞細亞个孤兒
永久毋辦法轉去屋下
看看，佢爸佢姆摎佢个哺娘

新臺灣人──記假油事件

超市賣个番豆油裡肚無番豆
辣椒油裡肚從來乜毋捌看到辣椒
橄欖油裡肚當然乜無橄欖
就像太陽餅裡肚無太陽
哺娘餅裡肚無哺娘共樣自然
你一定愛慣習，因為
你待个地方安到福爾謀殺

恩兜人个肚底撐飽劣質米
裝滿香精色素塑化劑銅葉綠素
皮肉吸收過多个成長激素
外星人正在基因改造同胞
經過CNS國家標準認證个新新人類
百毒不侵个生化人種
名仔安到：新臺灣人

劉添喜

添喜，係𠊎个阿公
1950年44歲，差毋多摎𠊎立下平大
國民政府个判決書寫到當有詩意：
「明知已死叛徒阿華及自首叛徒
彭南華為叛徒，而故留宿一夜
有期徒刑10年，褫奪公權10年
全部財產除酌留其家屬必需生活費外沒收」
客家人好客个一夜，換來坐10年个籠牢

1950年𠊎爸13歲，一夜就變大人
開始愛蓄一家老小摎兄弟姊妹
背尾𠊎个阿公放轉來，頭拏毛就白忒仔
佢轉來後，就開始慣習剃光頭
開始吃齋念佛，當少講話

𠊎讀國小四年生，佢得癌症想不開
介暗哺，𠊎係第一隻發現佢倒到血泊
𠊎看到佢對𠊎露出難得个微笑
真像解脫个微笑，𠊎永遠記得
屋外守靈介暗哺，按多白旛隨風飄動
𠊎正感覺白色，原來係異恐怖个顏色

五月花開

油桐樹，大又高
像阿爸後生時節強壯个身體
油桐花，白又多
像阿公白皙皙个頭拏髦
白白个油桐花，像一隻隻个白蝶仔
風一吹，佢佇滿天飛

油桐花樹，又像新娘仔
有著白白个蓋頭，白白个婚紗
飄落一地个油桐花
像佢長長拖到地个婚紗裙襬

一大透早，五月个朝晨
濛紗涒還異大个時節
𠊎跈等阿姆來到仙山靈洞宮拜爺
油桐樹下，𠊎看到一隻隻个白蝶仔
飛來　飛　去
　　　　　　飛
　　　　　　　　來
　　　　　　飛
　　　　　　　　去

粄仔圓

一碗甜，甜甜在心頭
一碗鹹，鹹鹹在肚裡
鹹鹹甜甜盡用心
碗碗就係客家情
紅个，代表圓滿摎祝福
白个，代表真心摎誠意
湯甜，係幸福甜蜜个滋味
湯鹹，係辛苦耕耘个回味

忙忙碌碌滾滾个一鍋
真像恩兜人个社會人生
若係勾有蝦偪、蔥仔、番豆摎茼蒿
配角，代表恩兜人一生忙碌个角色
總係在他鄉个過節慶典粉墨登場
一碗个溫暖，一碗个鄉愁
點點滴滴在心頭

劉慧真

劉**慧真**（1964～），我曾是失落了母語的「國語客家人」，一個從小就被鼓勵離開客庄、「到台北去」的世代。無意中閱讀了李喬的《寒夜三部曲》，臺灣意識因此啟蒙，人生隨而轉向：重新學講客話、創立台師大客家社、財團法人客家廣播電台首任台長、公視客語節目製作人、國立「臺灣文學獎」首屆客語創作金典獎得主、蔡英文競選總部客家部代主任、民進黨客家部副主任；從學運、文化復振工作、大學講師，到組織經營、議題參與，我始終在探索客庄、思考客庄。想像與建構之間，我在尋找一條回家的路。以母語寫詩，是「轉屋家」的方式之一。

八張犁尾，人格者

三入三出
學毋會乖
且係反威權个事
算涯一份
毋使先通知

分人奪去
十七年、三隻月
又七日
拿毋走
主張
自救个權利

八月半个暗哺
花好月圓
為著理想
分人抓去坐籠仔
涯
有愛無恨

有人講
「悔過書」做得換來自由

還有人講
舞政治就係舞錢
𠊎恬恬
毋想應

交出一本厚厚个人權報告
𠊎一生人个註腳
係毋係
有人讀得識

女人樹

痛苦係根
撐起向上个身形
悲傷个葉
托等硬直个花
一只只孤單个果啊
相惜个刺，盡幼、盡燒个心

放勢股吸（恣肆地吸）
希望个空氣
匀匀仔透出
愛
沒放棄
毋識放棄

才情就係生翼个籽
恩愛自由
管佢好天抑落雨
恩愛自由

飛

分魍神牽著

毋記得自家係人
大口大口吞
牛屎
秫草
虫蜆
鼻毋出香臭
毋會vi-koi（噁心）

像山肚盲大个樹秧
盲有啜到地泥
水脈
後生仔，一頭頭
分佢剁下來
離根離庄
毋知痛

一批一批，歡歡喜喜
去做國家棟樑

分人尋轉
不解故事來去
滿嘴垃圾

還佬到（以為）係
止饑飽肚个好食麵線

分魎神牽著

佬佢园等

盡遠个
時間
恁近个　面對面

合起來
這殼
一日日翻沙
一日日
嚼
甘苦个味緒
一日日

係毋係，會有
細細珠仔
像流毋出个目汁
講毋出个
心肚
一
句
話

目金金看等
無法度成就个
相牽
相連
你、涯這生人
樣般
园相尋

無傷口个死亡

看毋著爛空
無傷俚
一兮兮　一兮兮
thing thing 仔（慢慢地）
死

死在課本肚
一頁
又一頁
逐年死一擺

一代
又一代
無名
死淨淨
這係小case

存下來
舌嘛捲等
做「堂堂正正的中國人」
逐日低頭　line line line
管佢項項起價

相爭去看圓仔
煞忙小確幸

毋使看路
鼻毋著地泥香
啊哦！
實在夭壽幸福喔～
做佢臺灣毋臺灣

餓鬼

平常時
囥等

艱苦个事頭毋想做
危險个所在莫去兼
等到
有好食、有好用、有好摸
一隻一隻
so出來
自由、正義、公平
驚怕喊輸人

剝人个皮
咬人个肉
啜人个血
K人个骨
攬到狠—狠—狠
惡khiet khiet（兇巴巴）咄：
這，
係涯个！

烏白不分
圓扁在佢
強強會滅忒个
國度

餓鬼樂園

邱一帆

邱一帆（1971～），苗栗南庄人。1994年開始發表客語詩歌、散文、小說。客家語文論述《族群、語言、文學—客語詩歌文學論集》、《詩人、語言、詩歌：客籍作家吳濁流的詩歌表現》。合編《南庄人》社區報、《文學客家》雜誌。立志客語書寫，追尋寫作个生趣。出版客語詩集《有影》、《田螺》、《油桐花下个思念》、《山肚个暗夜》。

又影著該阿婆

又影著
一個圓身細隻細隻个阿婆
在大路脣
用一雙薑根薑根个手
拈起一台淰淰無人愛个地坺
拖著一領瘦夾夾仔个身影
定定仔
佢緊拖緊拖
路脣兩片高樓華廈一排一排
兩片路脣時裝男女行上行下

又看著
一個頭毛縫白縫白个阿婆
在街路頭
用一雙鉛線恁瘦个手
拈起一包一包無人看个地坺
拖著一屋家生活个倚恃
慢慢仔
佢緊拖緊拖
路脣高高个大樓毋會打招呼
路脣高高个人種無閒相借問

一個熟識个阿婆　該台熟識个車仔
今暗晡又出現在吾个夢中
佢講佢這下有車仔好駛
後背載著足足个等路
愛去拜訪親戚　順續遊覽天國

粄圓

阿姆趕冬節
磨一粄袋个糯米
同想念子女个心黏共下
矻燥个糯米糰
摎粄脆攪到共下
㧡入阿姆軟軟个心

粄糰斷到一截一截
在阿姆个巴掌面項
緊挼緊惜－緊挼緊惜－
圓圓个粄圓
在圓圓个毛蘭面項
擺著阿姆揪紅雪白
圓圓滿滿个心意

圓圓个粄圓
阿姆細心細意
放入滾滾个燒湯裡肚
　香个豬肉蝦仁香菇
跈等艾菜个·香氣衝啊出來
就等等－就等等－
子女
遽遽轉屋家

禾稈味

行入秋收正過个田垻
熟事个味緒黏時
衝啊入鼻公
還細時節金金个禾串
一串一串拈
叔公阿伯禾仔一禁一禁割
割出禾稈个香味

禾稈味　生出地泥个味道
禾稈味　捻等燒暖个滋味
禾稈味　园等家鄉个味緒

行入秋收正過个田垻
看毋著叔公阿伯割禾个影跡
看毋著叔婆伯姆　點心个身影
淨留下
熟識个禾稈味
陪　行到目前
行入童年

語言个出路

佢企在暗暗个壁角
四門關秋秋
合合个壁縫
看出去
目珠影著
微微仔个光線

佢用硬硬个喉嗹頭
開嘴講出
就自家聽著
細細仔个聲音

佢一遍過一遍
透過合合个線縫
用弱弱仔个聲音

單淨一細條縫
單淨一息仔光

佢就愛同心肝肚个話
講分自家聽
講到無嘴好講

布洛灣个應聲

祖靈个聲
在對面山傳來
布洛灣祖先个腳跡
當當追尋
寒冬个夜，霜雪个風
樹頂高个yabit直視直視
地泥下个siyang走到哪位
恬恬，恬恬个腳步
緊透，緊透个大氣

祖靈个聲
在山窩肚迴響
布洛灣子孫个腦海
當當追尋
燒暖个夜，希望个光
火堆脣个子孫講著自家个話
火堆脣个子孫跳著自家个舞
堅定，堅定个腳步
自信，自信个笑容

矮靈，祈福

迎靈
在發風落雨
臀鈴搖搖擺擺
聲響接地又連天
虔誠就係虔誠
感動矮靈來——共下
在圓舞个祭場

娛靈
在發風落水
月光旗撐起誠心
共下化解頭擺
無法度原諒个過去
姓氏承起姓氏个承擔
祖靈个想望

送靈
風止雨水恬
在月光山頂向東方
開始同結束
神鞭共樣避邪
共樣祈福

每一個族群，矮靈
總係有惜
總係有情

羅秀玲

　　羅秀玲（1964～），屏東萬巒人，筆名蘭軒。喜旅行、美食，作品散見於《客家雜誌》、《六堆風雲》、《巴西客家親》、《淡根母語文刊》、《掌門詩刊》，著有客語詩集——蘭軒客語詩文集《相思　落一地泥》。詩作〈油桐花開〉收錄於江秀鳳編選臺中教育大學客語教材《臺灣客家話文學讀本》。另有客語詩網站：客語信望愛〈蘭軒小築〉、樂多日誌（相思　落一地泥）。

啄咕

曩擺
十五、六歲
還係細鬼仔个
逐暗
讀書到半夜
有成時會打啄咕
伏等桌頂項
凝覺夢周公

半夜
肚渴；床食茶个阿姆
總會
細義　撚忒電火
續手袈一領衫
在𠊎身項
驚𠊎會寒著

天甫光時　聽到雞啼
昂頭正想到
書還貢貢一本
還吂看忒

這下恓起

心肝頭

阿姆該雙手

永遠係

溫柔

燒暖个

大襟衫

拖箱肚
該領青色个大襟衫
係阿婆後生時節
行嫁个嫁妝

飄揚過海嫁到臺灣
無熟識个人
無熟識个景
手中搙等故鄉个黃泥
身項著等阿母做个大襟衫
心肝頭還恓起
爺哀个叮嚀
千萬愛忍耐啊
千萬愛堅強啊
一日一日
一年一年
結婚降子　農事　做廚

斷烏
起身；床
點燈盞
彎過幾下針

補過幾下空
笑微微仔緊看
大襟衫還係異靚

故事係無結尾个故事
雨落無停
大襟衫還係
孤栖个眠在該片
在夥房肚

算數簿仔

阿婆个算數簿仔
係一張張薄薄个
月曆紙
面項寫等
濃膏膏个數字
像
幼幼个s公
蹶上了歸隻簿仔

佢記个8
係兩個圓圈兜起來个
圓碾碾仔
像市場賣个李仔餞糖

識看過佢拿等鉛筆
細義記下今晡日个用錢
正定定放人拖仔
行去灶下做廚

年堵年
再歸去頭擺个老屋
開該扇老門板

拖仔肚該本算數簿仔
絲同貰貰个塵灰適頂項

行向黑暗長廊該片
蓋像還看著
阿婆个身影
還無閒个
行去行轉

蜈蚣蟲

一雙　兩雙　三雙
蜈蚣蟲先生
汝个腳恁多
愛買幾多鞋
正罅著

一節　兩節　三節
蜈蚣蟲先生
汝个身體像車廂
愛載麼儕
去旅行

彭瑜亮

彭瑜亮（1984～）新竹新埔人。平時好寫、好教、好細人仔，時做過跆拳教練、爵士鼓手、國標舞者、小學先生，這下專心於文學創作、詞曲創作、國語文教學與推廣，《亮語文創教育》創辦人。全國客語童詩大賽、新竹縣兒童文學獎、新竹市客語文學獎、聯合文學徵文、台北市客語詩詞短文徵文著作《早知道就這樣學修辭》／鴻漸文化

山路

該係一條長長个山路
摎一隻彎彎个故事
在一隻跈等一隻个腳步裡背

百年个炭窯停le ヽ
牛眼樹个目汁含等
陂塘个水濂忒le ヽ
柳樹搖搖頭敨大氣
斯有風還在
跈等阿婆的腳步看月光華華

這彎彎个故事
山路會記得

老藤新葉

汝看！𠊎青大个身
汝看！𠊎彎長个手
做得摘等風　跳等快樂个採茶舞
生到緣投又高大
汝看！𠊎撈天頂　緊來緊近了nia＋

看到無？𠊎疴黃个身
看到無？𠊎烏曲个手
撈所有个養分留分汝
分你生到緣投又高大
看到無？𠊎撈地泥　緊來緊近leˇ

係汝

一步　一步　緊行緊遽
時間飛等个影　捉不到　看不清
敢係愛恁樣無閒泊杈
無結無煞　無結無煞

係毋係慢下來　透一下大氣
試看星仔摎霓虹燈
共下作戲　試聽
心肚正經个聲音

啊——
毋識看過恁樣个世界　恁樣个街路　恁樣个
汝

原來
陪𠊎打拚个　係汝
摎𠊎擦目汁个　係汝
撩到𠊎天轉笠嫲花个
也係汝——𠊎个台北

恩俚个故事

做得無？
分偃寮涼一下　在
起風之前　五瓣底肚發夢个時節
該係你个溫柔　偃个笑面

做得無？
陪偃跳一隻忒靚个舞　在
恬風之前　白淨个形影緊轉
該係你个狂癲　偃个毋盼得

做得無？
分偃摎你掩土　在
湸水之前　啾紅个心還燒等
該係你个心願　偃个應承

目汁連連摎你共下跌落
抵風抵水用偃疴疴个背囊
來！
恩俚共下轉去
轉到該渺渺茫个雲頂
等待下一段　正愛開始个故事

燒香

Chi22──
番火精劃出一蕊金黃
搖上蠟燭　搖上香頭
照等阿婆虔誠个目神

義民爺爺　觀音菩薩啊
保佑𠊎一門平安順序
保佑金孫……

啊　該輕紗樣个白煙
係阿婆淰淰个愛

讀詩人81　PG1552

 落泥
　　　——臺灣客語詩選

主　　　編	張芳慈
責任編輯	盧羿珊
圖文排版	周妤靜
封面題字	黃卓權
封面設計	王嵩賀

出版策劃	釀出版
製作發行	秀威資訊科技股份有限公司
	114 台北市內湖區瑞光路76巷65號1樓
	電話：+886-2-2796-3638　傳真：+886-2-2796-1377
	服務信箱：service@showwe.com.tw
	http://www.showwe.com.tw
郵政劃撥	19563868　戶名：秀威資訊科技股份有限公司
展售門市	國家書店【松江門市】
	104 台北市中山區松江路209號1樓
	電話：+886-2-2518-0207　傳真：+886-2-2518-0778
網路訂購	秀威網路書店：http://www.bodbooks.com.tw
	國家網路書店：http://www.govbooks.com.tw
法律顧問	毛國樑　律師
總 經 銷	聯合發行股份有限公司
	231新北市新店區寶橋路235巷6弄6號4F
	電話：+886-2-2917-8022　傳真：+886-2-2915-6275

出版日期	2016年5月　BOD一版
定　　　價	320元

Printed in Taiwan

國家圖書館出版品預行編目

落泥：臺灣客語詩選 / 張芳慈主編. -- 一版. --
臺北市：釀出版, 2016.05
　面；　公分. -- (讀詩人；81)
　BOD版
　ISBN 978-986-445-103-6(平裝)

863.751　　　　　　　　　　　　105004312

讀者回函卡

感謝您購買本書，為提升服務品質，請填妥以下資料，將讀者回函卡直接寄回或傳真本公司，收到您的寶貴意見後，我們會收藏記錄及檢討，謝謝！如您需要了解本公司最新出版書目、購書優惠或企劃活動，歡迎您上網查詢或下載相關資料：http:// www.showwe.com.tw

您購買的書名：＿＿＿＿＿＿＿＿＿＿＿＿＿＿＿＿＿＿＿＿＿

出生日期：＿＿＿＿年＿＿＿＿月＿＿＿＿日

學歷：□高中 (含) 以下　　□大專　　□研究所 (含) 以上

職業：□製造業　□金融業　□資訊業　□軍警　□傳播業　□自由業
　　　□服務業　□公務員　□教職　　□學生　□家管　　□其它＿＿＿

購書地點：□網路書店　□實體書店　□書展　□郵購　□贈閱　□其他

您從何得知本書的消息？

　□網路書店　□實體書店　□網路搜尋　□電子報　□書訊　□雜誌

　□傳播媒體　□親友推薦　□網站推薦　□部落格　□其他＿＿＿＿＿＿

您對本書的評價：（請填代號　1.非常滿意　2.滿意　3.尚可　4.再改進）

　封面設計＿＿　版面編排＿＿　內容＿＿　文／譯筆＿＿　價格＿＿

讀完書後您覺得：

　□很有收穫　□有收穫　□收穫不多　□沒收穫

對我們的建議：＿＿＿＿＿＿＿＿＿＿＿＿＿＿＿＿＿＿＿＿＿

＿＿＿＿＿＿＿＿＿＿＿＿＿＿＿＿＿＿＿＿＿＿＿＿＿＿＿＿＿＿＿

＿＿＿＿＿＿＿＿＿＿＿＿＿＿＿＿＿＿＿＿＿＿＿＿＿＿＿＿＿＿＿

＿＿＿＿＿＿＿＿＿＿＿＿＿＿＿＿＿＿＿＿＿＿＿＿＿＿＿＿＿＿＿

11466
台北市內湖區瑞光路 76 巷 65 號 1 樓

秀威資訊科技股份有限公司 收

BOD 數位出版事業部

....

（請沿線對折寄回，謝謝！）

姓　　名：＿＿＿＿＿＿＿＿＿＿　年齡：＿＿＿＿＿　性別：□女　□男

郵遞區號：□□□□□

地　　址：＿＿＿＿＿＿＿＿＿＿＿＿＿＿＿＿＿＿＿＿＿＿

聯絡電話：(日) ＿＿＿＿＿＿＿＿＿＿　(夜) ＿＿＿＿＿＿＿＿＿＿

E-mail：＿＿＿＿＿＿＿＿＿＿＿＿＿＿＿＿＿＿＿＿＿＿